LE LUTIN.

par Nic. Bricaire de la Dixmerie. Barbi...

LE LUTIN.

J'EN suis fâché pour nos grands Phi-
losophes ; mais, enfin, voici un être
invisible qui fait mouvoir bien des
êtres matériels. Chacun veut le voir
opérer, chacun raisonne sur sa nature.
Les bonnes gens disent que c'est un
Esprit ; les filles bien nées, que c'est
un *Sylphe* ; les filles d'Opéra, que
c'est un *Gnome*. Je dirai ce que c'est
lorsqu'il en sera tems. Il faut tenir en
suspens la curiosité du lecteur ; c'est
le moyen de l'obliger à lire. Il faut
lui présenter des faits merveilleux ;

c'eſt le moyen de l'obliger à croire.

Ce ſeroit dommage, il eſt vrai, qu'un évenement auſſi extraordinaire ne fût pas ſauvé de l'oubli. Eh ! que n'oublie-t-on pas dans cette Ville in‑conſtante ? Que d'Auteurs appellés à grand bruit ſur la ſcéne, & dont on ne daigne pas lire l'ouvrage dans le cabinet ! Que de livres vantés, courus & même brûlés, dont on a oublié juſqu'au titre ! Je pourrois en citer bien des exemples. Qui ſçait même ſi ce récit ne doit pas les accroître un jour ?... N'importe : commençons ; ce n'eſt pas la premiere fois que le deſir d'être utile, a fait braver le danger d'être ennuyeux.

La chambre qu'habite l'*Eſprit*, dont je vais parler, n'eſt rien moins que ſomptueuſe. On ſçait que le génie même habite rarement les palais. Du

(5)

reste ; cet *Esprit* aime ; *assurément,*
la musique. Il a choisi sa demeure chez
un Luthier. Souvent même il s'exerce
à la fois sur trente instrumens. Il se
plaît aussi à lutiner les curieux qui le
visitent. Leur embarras paroît l'amu-
ser. Enfin, c'est un très-joli *Esprit* ;
car il sçait être méchant.

Il joua des symphonies de différens
Maîtres , & qui, toutefois, ne se ressem-
bloient pas : ce qui me parut miracu-
leux ; mais à l'arrivée d'un vieux Di-
recteur d'Opéra, on n'entendit plus
que trois violons & deux basses qui
jouoient gravement l'ouverture d'Isis.

Le bruit devint plus fort que jamais
à l'apparition d'un Musicien déja célé-
bre; mais il me parut que cette musique
offroit plus de notes que de chant.

D'autres prodiges signalerent le

pouvoir de l'*Efprit*, & prouverent qu'il avoit du jugement. Ce que le Génie même ne fuppofe pas toujours.

Une Chanteufe des chœurs furvint ayant la tête, les oreilles & la gorge couvertes de diamans. L'*Efprit* atta-cha perpendiculairement au - deffous du fleuve ces trois mots en groffes lettres : AVIS AU LECTEUR.

Un vieux Financier avoit mis fes lunettes pour mieux lire cet avis. Tan-dis qu'il s'en occupoit, l'Efprit lui appliqua fur le dos cet autre placard : AVIS AU GOUVERNEMENT.

Un Libraire tenoit fous fon bras un Manufcrit dont il venoit de faire l'ac-quifition. C'étoit un Poëme en profe. L'Efprit le lui arracha, le déchira, & ne laiffa d'entier que le titre. Il écrivit au-deffous ces mots : *titre à remplir.*

Non loin de-là étoit un petit Auteur qui avoit déja fait de gros ouvrages ; celui de tous qui s'étoit le mieux vendu étoit un Poëme qu'on ne lisoit pas ; il devoit son débit à ses orne- mens. L'*Esprit* le tira adroitement d'une des poches du Poëte ; il en dé- tacha les estampes , & , en Lutin con- noisseur , jetta les vers au feu , qui eut beaucoup de peine à s'y mettre. L'*Esprit*, en Lutin scrupuleux, re- mit ensuite les gravures dans la poche de l'Auteur.

Pour moi , disoit un Professeur de Physique , je répondrois d'imiter , en moins de trois jours , toutes les opé- rations de ce Lutin. L'Esprit à l'ins- tant même écrivit avec de la craie sur le dos noir du Physicien : *Je te donne quatre ans pour bien décrire ce que tu viens de voir.*

Un Avocat aigre & mordant grof-
fiffoit le nombre des curieux. On fut
furpris de voir à l'inftant fon rabat &
fa robe déchirés. On lifoit fur un des
lambeaux de la robe : *pour les injures*
qu'il débite impunèment au Palais.

Un Prédicateur, qui venait de prê-
cher la Pénitence, étoit là, & portoit
une phifionomie fcandaleufement ver-
meille; il eut en un clin d'œil, tout le
vifage barbouillé de faffran. Le Lutin
lui déchira un fermon qu'il avoit ache-
té à trop bas prix, & lui fit préfent
d'un volume de Maffillon.

L'*Efprit* tira de la poche d'un Petit-
Maître un Porte-feuille affez bien rem-
pli. En moins d'une minute, le voilà
brûlé. Ah Ciel ! s'écrie le jeune homme, comment réparer cette perte ? Il
y avoit-là trente lettres des dix fem-
mes les plus fcrupuleufes que renfer-

me la Capitale. Voilà une befogne de plus d'un mois que me donne ce maudit Lutin.

Un prétendu Métaphyficien regardoit avec dédain toutes ces merveilles : Non , difoit il , je ne croirai jamais que ce qui n'eft rien puiffe faire mouvoir quelque chofe. Il eut à peine parlé , qu'on le vit avancer , reculer , fautiller , tourner & retourner en divers fens ; il fut bien-tôt hors d'haleine. C'était l'*Efprit* qui faifoit danfer une Allemande au foi-difant Philofophe.

Celui-ci apperçut dans la foule un homme qui eût été brûlé , fi le hafard l'eût fait naître deux cens ans plutôt : c'étoit le fameux *Comus*. C'eft toi , lui cria le Philofophe en furie , c'eft toi qui m'as joué ce tour : il entre ici beaucoup de matiere magnétique. Tu n'es qu'un ignorant, & tu mets en défaut toutes les Académies de l'Europe. *Comus*, pour fe juftifier, montre fa bourfe, d'où l'Efprit venoit de tirer fubtilement deux cens louis. Jufqu'à préfent, difoit l'efcamoteur, j'ai affez bien vuidé les vôtres ; mais il a fallu un pouvoir fupérieur pour vuider ainfi la mienne.

Une femme, dont l'extérieur affichoit la devotion, caufoit avec un homme à manteau court & à grand chapeau. Ce dernier lui gliffa dans la main un billet qu'elle cacha adroitement dans fon livre d'heures. L'Efprit l'en retira & le fit paffer dans les mains d'un Moufquetaire, qui auffitôt en fit la lecture à haute voix. Il étoit conçu en ces termes : *Votre ardeur fe ralentit & mon amour s'accroît. Que craignez - vous ? Les mefures, qui nous ont fi bien réuffi réuffi-*

ront encore. Elles dérouteront les cu-
rieux, & notre réputation fera taire
la médifance.

Le couple hypocrite difparut avant
la fin de cette lecture. Un Avare, in-
quiet de ce qu'il venoit de voir, crai-
gnit pour fon Portefeuille : il en fit
l'ouverture, & au lieu de billets au
porteur, il n'y trouva que des billets
doux adreffés à fa fille par un Offi-
cier Gafcon.

Un difciple d'Efculape prétendit
qu'il entroit beaucoup d'illufion dans
tout ce qu'on croyait voir, & que
toute l'affemblée avoit des vapeurs. A
l'inftant il fe fentit attacher une groffe
broffe au pied droit, & fut contraint
de froter la falle jufqu'à ce qu'il tom-
bât de laffitude.

Certain Géometre le releva & fou-

tint qu'il eût mieux confervé l'équi-
libre s'il avoit lu fon traité de la *Per-
pendiculaire*. L'Efprit auffi-tôt faifit le
Géomettre & lui fit décrire une ligne
courbe, en lui colant à terre les deux
pieds & les deux mains.

Il me femble , difoit un homme
très - avantageux & fort ignorant ,
qu'un homme inftruit ne doit être
étonné de rien. J'ai tant lu que je
fçais tout. Voici un *Oʒanam* qui vous
en apprendra bien d'autres. Il tira ce
livre de fa poche & lut à l'ouverture
ces mots nouvellement écrits : *Oʒanam ne t'eût jamais appris que tu n'es
qu'un fot, fi je n'euffe pris moi-même
la peine de l'écrire.*

Tout cela donnoit beaucoup à parler à un petit homme, qui ordinai-
rement parloit beaucoup. Il étourdif-
foit toute l'affemblée par des citations

d'Auteurs Grecs, Latins & François, depuis Hérodote & Dion jusqu'au Pédagogue C.... qui tous atteſtoient de pareils prodiges, ou d'autres d'égale force. On fut ſurpris de l'entendre tout-à-coup ſe taire : le Lutin venoit de lui mettre un baillon.

Une Petite-Maîtreſſe entra bruſquement, accompagnée d'un jeune homme qui ſautilloit au lieu de marcher. Je viens, diſoit-elle, rire & de l'Eſprit, & de ceux qui s'en occupent ; il faut en avoir bien peu ſoi-même pour croire à celui-là. J'ai pour principe d'en refuſer aux vivans qui en montrent le plus, & l'on veut que j'en accorde aux morts ? Voyons : que cet Eſprit réponde, s'il le peut, aux trois queſtions que je vais lui faire. Dis - moi Lutin : A quoi m'occupai - je hier ?
— *A tricher au jeu*, répondit - il.
— Et ce matin ? Reprit-elle un peu

étonnée. — *A faire efquiver Damon.*
— Voilà qui eft trop fort, Mais, en-
fin , à quoi penfais-je maintenant ?
— *A montrer l'efprit que tu n'as pas.*

D'honneur , Madame interrompit
le jeune homme , il y a là du merveilleux. Ce diable de Lutin fçait
tout. Mais que va-t-il me répondre à
moi-même ? Ecoute Lutin : que pen-
fé - je dans ce moment ? — *Rien.*
— Qu'ai - je dit tantôt ? — *Rien.*
— Que ferai-je un jour ? — *Rien,*
ajoûta l'*Efprit* judicieux & laco-
nique.

Voilà un Lutin merveilleux, difoit
un homme, fec de figure & d'habit.
C'eft, à coup sûr, l'ame de quelque
Adepte , & je jurerois par Nicolas
Flammel qu'il y a ici quelque tréfor
caché. Daigne, ô fage Efprit m'ap-
prendre combien il faut encore de

degrés de chaleur à mon fourneau!... *Brise ton fourneau*, interrompit le Lutin, *donne à ton fils le peu de bien qui te reste. Il obtiendra, en payant, un emploi de confiance, & y trouvera la pierre philosophale que tu cherches en vain.*

J'ai aussi ma question à lui faire, disait un vieux nouvelliste. Est-il vrai que le Persan se déclare contre le Turc? — *Il est très-vrai*, répondit la voix, *que ta femme se déclare pour un jeune homme qui n'est ni Turc, ni Persan.*

Un homme étoit-là qui avait l'air de penser à toute autre chose. Il ne voyoit, ni n'entendoit rien. C'étoit la vraie copie du Distrait de Regnard. Le Lutin lui attacha cette étiquette: *L'homme du monde le plus heureux;*

il ne s'apperçoit ni de ses sotises, ni de celles d'autrui.

L'impertinent Génie! s'écrioit un Spadaſſin : je voudrois qu'il pût prendre un corps, je le rendrois Eſprit une ſeconde fois. Il eut à peine parlé que ſon épée diſparut, & qu'il ne vit plus à ſon côté qu'une batte d'Arlequin.

Je voudrois bien ſçavoir, diſoit la coquette Béliſe, combien ce Lutin a déja détrompé d'Incrédules. *Autant que tu as trompé d'Amans,* répondit-il.

Un caroſſe brillant étoit arrivé juſqu'à la porte, malgré l'affluence du peuple. Il en ſortit un couple encore plus brillant que le carroſſe. Le Cavalier tenoit la Dame par la main,

& fit cette queſtion à l'Eſprit : Que fait-on à la Cour ? *On ſe carreſſe & l'on ſe trompe*, répondit-il. —— Que faiſons-nous à Paris, Madame & moi ? —— *Ce qu'on fait à la Cour.*

Un Acteur, ſans ame & ſans ex-preſſion , diſoit tout haut qu'il étoit venu , comme les autres , voir cette comédie. Le Lutin , à l'inſtant , lui appliqua ſur la figure un maſque qui d'un côté exprimoit la triſteſſe & de l'autre la joie.

Certain Chevalier du *Vingt & un* était venu voir ſi l'Eſprit ne combine-rait pas quelques nouveaux tours de cartes. Il aborda un homme à qui la veille il avoit gagné les pierreries de ſa femme, la dot de ſa fille, & un dépôt que lui avoit confié un ami ab-ſent. Que ferons-nous ce ſoir ? lui de-

manda-t-il. Vous joüerez, lui répondit l'autre ; & moi je viens me fami-
liarifer avec les *Efprits*, dont j'efpere
accroître bien-tôt le nombre. J'ai dans
ma poche un excellent ouvrage qui
prouve qu'on doit quitter fa maifon
lorfque le feu s'y met de toutes parts.
Cette morale eft confolante, lui dit le
Joueur ; mais je porte fur moi un livre
que je crois d'un ufage plus utile.
Comme il parloit ainfi, on vit s'é-
chapper de fa poche un jeu de cartes
qui fe répandit dans toute la falle, &
qui n'étoit compofé que d'*As*.

Une Plaideufe trouva là fon Rap-
porteur. Elle étoit laide, & obtenoit
rarement audience. Votre affaire, Madame, lui dit le jeune Magiftrat,
m'occupe au point que j'en porte fur
moi le précis. Le voilà, pourfuivit-
il, en montrant un papier qu'il ne

déplia point. Mais le papier lui fut arraché des mains, & paſſa dans celles de la Plaideuſe tout déployé. C'étoit un acte qui commençoit ainſi : *Conventions faites entre moi......... & *** , Chanteuſe des chœurs.*

*Premierement, *** , promet de m'être fidelle autant que je le ſerai à mes engagemens,* &c.

Ah ! je ſuis bien - aiſe de vous rencontrer ici, diſoit un homme en deuil, à certain homme vêtu de noir comme lui ; mais dont la perruque étoit bien peignée, bien poudrée, & qui portoit au doigt un large diamant à facettes. J'ai trouvé dans le coffre de feu mon oncle trente mille écus, dont je vous prie d'accepter le dépôt, en attendant que vous ayez occaſion de les placer. Je l'aurai ſur le champ, répondit l'homme au diamant, & vous pour-

rez compter fur le contra&ant comme fur moi-même. Il tira fon porte-
feuille pour montrer à l'héritier la let-
tre d'un jeune Seigneur qui avoit be-
foin de cinquante mille écus pour fup-
planter un rival auprès d'une débu-
tante. Le *Lutin* au lieu de cette let-
tre, en ouvrit une autre. Elle venoit
d'Amfterdam. On y mandoit à l'homme au diamant que fon appartement
ment étoit meublé & prêt à le rece-
voir. L'héritier s'éloigna en difant
qu'il ne vouloit pas que fon argent
fût du voyage.

A l'un des coins de la falle fe tenoit une jeune perfonne, dont l'air,
l'habillement & la beauté étoient fans
art. Elle regardoit tout d'un œil ti-
mide, tandis qu'un riche Bénéficier la
fixoit avec des yeux de concupifcence.
Mademoifelle, lui difoit-il, nous

avons l'un & l'autre plus de pouvoir que n'en eut jamais ce Lutin qui vous occupe. Je n'en crois rien, Monfieur, répondit - elle. —— Pardonnez - moi; je puis vous rendre heureufe & vous pouvez me rendre heureux. Un tel prodige n'eft point en fa puiffance.... Il alloit pourfuivre, lorfqu'il fe fentit fortement pincer le nez. C'étoit le Lutin qui l'affubloit d'une paire de lunettes de fer-blanc, & par conféquent très-opaques. Il fit de vains efforts pour les détacher. En même tems, l'Efprit donna à la jeune perfonne un livre qui commençoit par cette maxime : *Ne redoutez pas les Lutins, mais craignez les curieux.*

Le nombre de ces derniers augmentoit fans ceffe, & l'Efprit eut encore plus d'une occafion d'étonner & d'inftruire. Il foûtint ce rôle tantôt en

bon Génie ; tantôt en méchant Lutin?
Cette alternative est apparemment
commune à ces êtres comme à nous.
L'Esprit congédia l'assemblée par ces
mots :

» Vous ne doutez plus ; je
» crois, ni de mon pouvoir, ni de
» mon existence. Hé bien ! apprenez
» ce que vous ne soupçonniez pas en-
» core. Je suis le Génie d'un Poëte
» noyé, à qui vous refusâtes si obsti-
» nément toute espece de Génie. J'ai
» voulu vous détromper ; j'ai voulu
» prendre ma revanche de tant de vé-
» xations comiques dont je fus l'é-
» ternel objet. Me voilà très-bien ven-
» gé. Tout Paris me mist... , & j'ai mist...
» tout Paris. Il est vrai que mon plus
» obstiné persécuteur ne s'est point
» montré parmi vous ; mais il ne peut
» m'échapper. Je quitte cette Ville ,

» où je n'ai plus rien à faire ; & je
» prends la route d'Arg.....

Ainsi parla l'Esprit, ou si l'on veut
le Génie. Il y auroit beau bruit dans
cette Capitale, si tous les Auteurs,
à qui l'on refuse du génie de leur vi-
vant, s'en vengeoient ainsi après leur
mort.

F I N